다보탑을 줍다

창비시선 240

다보탑을 줍다

초판 1쇄 발행 / 2004년 10월 15일
초판 8쇄 발행 / 2021년 4월 28일

지은이 / 유안진
펴낸이 / 강일우
편집 / 고형렬 김정혜 문경미 안병률 김현숙
펴낸곳 / (주)창비
등록 / 1986년 8월 5일 제85호
주소 / 10881 경기도 파주시 회동길 184
전화 / 031-955-3333
팩시밀리 / 영업 031-955-3399 편집 031-955-3400
홈페이지 / www.changbi.com
전자우편 / lit@changbi.com

ⓒ 유안진 2004
ISBN 978-89-364-2240-0 03810

다보탑을 줍다

유 안 진 시 집

창비

차 례

제1부

비 가는 소리

비 가는 소리에 잠 깼다
온 줄도 몰랐는데 썰물 소리처럼
다가오다 멀어지는 불협화의 음정(音程)

밤비에도 못다 씻긴 회뿌연 어둠으로, 아쉬움과 섭섭
함이 뒤축 끌며 따라가는 소리, 괜히 뒤돌아다보는 실루
엣, 수묵으로 번지는 뒷모습의 가고 있는 밤비 소리, 이
밤이 새기 전에 돌아가야만 하는 모양이다

가는 소리 들리니 왔던 게 틀림없지
밤비뿐이랴
젊음도 사랑도 기회도
오는 줄은 몰랐다가 갈 때 겨우 알아차리는
어느새 가는 소리가 더 들긴다
왔던 것은 가고야 말지
시절도 밤비도 사람도…… 죄다.

다보탑을 줍다

고개 떨구고 걷다가 다보탑(多寶塔)을 주웠다
국보 20호를 줍는 횡재를 했다
석존(釋尊)이 영취산에서 법화경을 설하실 때
땅속에서 솟아나 찬탄했다는 다보탑을

두 발 닿은 여기가 영취산 어디인가
어깨 치고 지나간 행인 중에 석존이 계셨는가
고개를 떨구면 세상은 아무데나 불국정토 되는가

정신차려 다시 보면 빼알간 구리동전
꺾어진 목고개로 주저앉고 싶은 때는
쓸모 있는 듯 별 쓸모없는 10원짜리
그렇게 살아왔다는가 그렇게 살아가라는가.

나이가 수상하다

치아가 편치 않다
나이가 들쑤신다

아아주 옛적에는 떡이나 과일을 깨물어
치아 자국으로 임금을 뽑았다니
이가 좋아야 임금이 될 수 있어
잇금이다가 이사금이다가 임금이라 불렀다니*

나이도 나의 치아, '나의 이'의 줄임말 아닐거나
나이[年齡]라는 한자에 이 치(齒)를 넣은 중국인들도
'나의 이' '내 이'를 나이로 기준 삼아
연령을 뜻했는가

사과 한쪽을 집으려다 얼른 주춤한다
보기만 해도 시리고 저린 나이
치과 한번 간 적 없는 나의 이가 쑤신다
정말 이젠 낡은 나이인가.

* 『삼국사기』에 의하면 유리왕은 떡을 깨물어 잇자국이 가장
  많고 선명해서 임금으로 뽑혔다고 한다.

물오징어를 다듬다가

네 가슴도 먹장인 줄 미처 몰랐구나
무골호인(無骨好人) 너도 오죽했으면
꼴리고 뒤틀리던 오장육부가 썩어 문드러진
검은 피 한 주머니만 껴안고 살다 잡혔으랴
바닷속 거기도 세상인 바에야
왜 아니 먹장가슴이었겠느냐

나도 먹장가슴이란다
연체동물이란다
간도 쓸개도 배알도 뼛골마저도 다 빼어주고
목숨 하나 가까스로 부지해왔단다
목고개 오그려 쪼그려
눈알조차 숨겨 감추고
눈먼 듯이, 귀먹은 듯이, 입도 없는 벙어린 듯이
이 눈치 저 코치로
냉혹한 살얼음판을 어찌저찌 헤엄쳐왔단다

14

비늘옷 한벌 없는 알몸으로 태어난 너도, 나와 다름아
니다. 남의 옷 한가지 탐낸 적 없이 맨몸으로 살았던 너
의 추위 너의 서러움을 나도 안다, 알고 있는 우리끼리
이렇게 마주친 희극적 비극의 비극적 우연도, 어느 생애
지어 쌓은 죄갚음이라 할 건가.

박수 갈채를 보낸다

춘설은 차라리 폭설이었다
겨울은 최후까지 겨울을 완성하느라 최선을 다했다
핏덩이를 쏟아내며 제철을 완성하는 동백꽃도 피다
진다

칼바람 속에서도 겨울과 맞서 매화는 꽃 피었다, 반쯤
넘어 벙글었던 옥매화는 폭설을 못 이겨 가지째 휘어지
다 끝내는 부러졌다, 겨울 속에 봄은 왔고 봄 속에도 겨
울은 있었다

두 시대가 동거해야 하는 불운은 항상 앞선 자의 몫이
었다
정작 봄이 무르익었을 때는 매화는 이미 꽃이 아니다
앞서가는 자는 항상 이렇다
불행하지 않으면 선구자(先驅者)가 아니다

지탄받는 수모없이 완성되는 시대도 없다

춘설도 동백꽃도 꽃샘추위도

제 시대를 완성하고 죽는 후구자(後驅者) 그 사람들.

내가 가장 아프단다

나는 늘 사람이 아팠다
나는 늘 세상이 아팠다
아프고 아파서
X-ray, MRI, 내시경 등등으로 정밀진단을 받았더니

내 안에서도 내 밖에서도 내게는, 나 하나가 너무 크단다, 나 하나가 너무 무겁단다
나는 늘, 내가 너무 크고 너무 무거워서, 잘못 아프고 잘못 앓는단다

나말고 나만큼 나를 피멍들게 한 누가 없단다
나말고 나만큼 나를 대적한 누가 없단다
나말고 나만큼 나를 사랑한 누가 없단다
나말고 나만큼 나를 망쳐준 누가 없단다
나말고 나만큼 내 세상을 배반한 누가 없단다

나는 늘 나 때문에 내가 가장 아프단다.

나를 만나러 너에게 간다

하마터면 밟을 뻔한 풀밭 귀퉁이 끝에, 초등학교 적 화단의 채송화 피었다, 붉고 흰 꽃송이를 정수리 층층으로 피워올린 접시꽃 발치쯤, 새빨강 벼슬모자 높이 쓴 맨드라미 뒤꿈치에서, 그냥 잡풀이던 앉은뱅이꽃 채송화가

지상에서 지하와 가장 가까운 곳에, 땅 위에서 가장 낮은 자리에, 피었다 빨갛게 하얗게

내가 바로 너다
누가 말했고 누가 들었지?
나의 여기가 너의 고지다
너의 거기가 나의 오르막이다
누가 말했고 누가 들었는지 무슨 상관이야

높아진 적 없을수록 낮은 데가 높은 거기, 하얗게 되기 위해 빨갛게 되려고, 오늘도 나를 만나러 너에게 간다, 너여야만 하는 나를 만나러 성당 뜰을 올라간다.

위궤양

산 능선 산자락마다 고개마다
꽃대궐 차린 위동(胃洞), 고향마을 간다
복숭아꽃 살구꽃 아기진달래 더불어 꽃잔치판이다
골짜기와 웅뎅이 냇물에도 꽃잎 떨어져 낭자하다
술독이 괴어오르듯 술국이 끓어넘치듯
무르익어 짓물러 넘치는
봄 축제가 한창이다

속앓이건 가슴앓이건, 평생을 싸운 전쟁은 누구와의
싸움이었을까, 억눌려 외면당한 진정한 '나'들은, 나보다
더 강하고 더 질긴 적(敵)으로 돌변하여, 완벽하게 무장한
게릴라가 되어서, 잦은 기습으로 점령지를 넓혀가며, 어
떤 신무기도 비웃는다 약올린다

더 맵게 더 짜게 더 시게 더 쓰게
더 쓰려라 더 따가워라 더 아파라
내시경이 보여주는 위동의 점령군

결국은 이길 것이다
나는 나를 이기는 그들 편인 까닭으로
내 위선과 허위가 이룩해놓은
나의 가장 큰 업적들인 까닭으로.

현관에서 다 안다

현관문을 열자 시커먼 함대가 좌초되어 있다
한 척은 기우뚱 또 한 척은 아무렇게나
각자 편한 대로 나자빠지고 고꾸라졌다
발고린내가 진동한다
대한민국 청년 중 어둠의 자식*이
휴가를 나왔다
몹시 피곤한가 심통이 사나운가

콧등 젖은 하이힐이 딸애의 하고다
쭈그러져도 늘 정중한 신사화 자리는 비었다
아직 퇴근하지 않았구나
군화 두 짝을 일으켜세워놓고
신을 벗고 돌아다보니 나는 전족(纏足)이다

　현관에 모인 식구별 11번들, 입이 아닌 신발이 식구이
다, 우리 식구들은 식탁에는 안 모이고, 현관에는 다 모
인다, 오후 7시 현재 우리 가족 각자의, 현 위치다, 기분

이다, 성별이다, 연령이다, 성격이다, 기타 등등이다.

* 대한민국 청년 중에 군복무면제자는 신의 아들, 방위병으로
  빠지면 사람의 아들, 군복무를 제대로 하면 어둠의 자식이라
  는 말이 있었다.

나이 계산법

〈" "〉표 속에 들어가고 싶었다
따옴표 속 거기가 가장 좋은 곳일 것 같아서
〈?〉표를 앞세우고 거침없이 휘젓고 싶었다
세상은 의문투성이 나만의 해답을 찾고 싶어서
〈 , 〉표로 물러앉아서 숨돌리고 싶었다
힘들어 너무 살기 힘들어 지친 나머지
〈 . 〉표로 마감하며 종적 없이 숨어버리고 싶었다
살아봐도 별수 없는 세상에
불필요한 나 같아서

〈!〉표로 순간순간을 감탄하며 살고 싶은
마침내 욕심 가득한 갓 마흔을 넘어섰다
41년생이라서 41세로 살아야 하는.

예외를 발견하다

바다가 강으로 올라오고 있었다
옛 시절의 강으로 돌아오고 있었다
바닷물이 올라와 강물이 될 수 있다니
밀물 드는 임진강가에서 기적 하나 목도한다

시간은 거꾸로 흐르기도 하고, 세월도 역행이 가능할
수 있는, 저런 예외가 허용되고 있었는데, 느닷없이 나타
나는 돌연변이처럼, 예외 없는 법칙은 없다고 배웠으니,
섭리 속에는 더 많은 예외가 기다리고 있는지도

살다가 저런 일도 일어날 수 있다니
강으로 회춘하는 바닷물처럼
살아버린 삶도 다시 설계 편집될 수 있다고
아득히 떠나가버린, 놓쳐버린 것들
아우성치며 한꺼번에 밀물 차오르는
이 황홀한 만조에 무릎 절로 꺾어진다.

주소가 없다

주어에도 있지 않고
목적어에도 없다

행간에 떨어진 이삭 같은 낟알 같은, 떨군 채 흘린 줄도
모르는, 알면서도 주워담고 싶지 않은, 그런 홀대를 누리
는 자유로움으로, 어떤 틀에도 어떤 어휘에도 담기지 못
하고, 어떤 문맥 어떤 꾸러미에도 꿰어지지 않는, 무존재
로 존재하며

시간 안에 갇혀서도
시간 밖을 꿈꾸느라
바람이 현주소다
허공이 본적이다.

나는 늘 기다린다

늦은 밤 늦은 귀가를 기다리며
아이들의 안전을 걱정하다가
아이들이 돌아온 다음에도 여전히 기다린다
늦지 않는 밤에도 기다리는 나는
나의 귀가도 기다리는 줄 몰랐다

나는 나를, 너무 자주, 너무 멀리, 너무 오래 떠나가서,
늦은 나의 귀가를, 너무 먼 나의 귀갓길을, 돌아오지 않
는 나를, 날마다 기다리고 기다려왔다

나는 어딜 가서 무얼 하느라고 늘 늦도록 돌아오지 않
는가, 나를 기다리게 하는 나는, 언제부터 무슨 까닭으로
나를 떠나가서 이렇게 기다리고 기다리게 할까

내가 부재하는 어디에도 기다리는 내가 있다, 도대체
나는 어떤 나를 기다리느라, 대문간 골목길 정류장마다
그림자를 걸어두고 귀를 열어둔 채, 안절부절 서성거리
는 걸까.

별전 창세기

모름지기 시인 정신이란
불완전 더 탐했던 아담과 이브와 배암의
제정신이 아닌 정신이었느니
눈먼 행복보다 눈 밝아지는 불행을 갈망했느니

태초의 그이들은, 이상정신(異常精神)의 참 시인들, 천
사보다 인간이고 싶어, 배암의 잔꾀와 이브의 미각과 아
담의 아둔함이 도모한 탈출 성공, 야훼는 태초에 시인들
을 지으시었느니

때로는 제정신을 잃어야 정상적 시인들
도처에 잠복한 불행이 호시탐탐 노리는
숨겨진 올무 덫에 넘어지고 깨어지고 부서지는
고통이 살맛을 날라다주는 이곳
잠깐씩, 더러는 한동안 불행해서 번쩍 제정신이 드는
잠깐씩, 더러는 한동안 제정신을 잃어서 물구나무서는
여기가 에덴 아닌 인간적인 낙원

태초에 벌써 불구덩 속으로 뛰어들 줄 알았던, 눈 밝은 불나방들, 불행을 더 밝히는 배꼽 없는 그이들은, 문자 아닌 온몸으로 평생 시를 쓰며 살았느니라.

벌건 착각

전혀 눈치채지 못했다
볕 바른 베란다에 도둑이 든 줄 몰랐다
건조대 앞뒤로 하늘거리던 하늬바람이
슬그머니 높새바람으로 심보를 바꾼 줄도

체중을 줄이는 옷가지들을 술렁술렁 흔들다가
숨는 척 엿보며 기웃거리다가
장난처럼 툭툭 치고 건드리다가
눈 깜짝할 사이에 슬몃 브라자에 입 맞춘 저저저 불한
당눔
또 한눔은 여유롭게 팬티 속을 들락거리지 않는가

벌건 대낮 내 집에서 두 눈 뜨고 당하다니
벌떡 일어서다 말고 주저앉았다
몰랐구나
탐낸 것은 나 아닌 레이스 속옷들인데
오래전부터 나는 그쯤이었는데.

코스모스 학교길

도시 아이들은 별 볼 일이 적어서
별 볼 일이 많은 아이들을 찾아서
유성(流星)들은 밤마다 시골로 모인다
아이들이 개울물에 다이빙하듯
별들도 다투어 시골로 다이빙한다

아무도 모른다. 밤하늘에서 다이빙한 유성들이 날 새
는 줄 모르고 놀다가 올라가지 못한 줄을, 그래서 아이들
목소리 자욱한 학교실노 코스모스꽃 사욱이 피는 줄을,
별눈 반짝이는 아이들과 함께 학교를 다니며, 교실 밖 꽃
밭에서 까치발 돋우어 공부도 같이 하고, 철봉대 뒤켠에
서 손뼉도 치는 줄을,

밤마다 유성이 모이는 시골도 학교길에
별 볼 일 많은 아이들은 모두가 코스모스꽃이다
그래서 학교길 가을볕은 한 촉수 더 밝다
아이들 목소리도 한 옥타브 더 높다.

며느리

가시나무는 제 몸의 가시가 싫었다
뽑아버릴 수도 도망칠 수도 없었다
그래서 최대한 가시나무이고자 했다
최선을 다했다
마침내 드디어 기어코 해냈다
가시나무만의 빛깔과 모양과 향기의 꽃을
그러나 다들 장미라고 불러버렸다
그러고는 잘라서 꽃병에 꽂아놓고 코를 벌름거린다

내가 나를 결정할 수 없는 여기를 세상이라고 한다

태어나보니 딸이라고 했다
죽었다 살아나도 딸이 아닐 수 없어
최대한 딸이 되려고 최선을 다했는데
며느리가 되고 말았다
산 사람보다는 귀신들과 더 자주 밤새우는
제삿상만 책임지는.

33

A4 용지에다
아라비아 숫자 3을 거푸 쓰니
백지는 그만 하늘이 되어
새 한쌍이 날아가고 있다
앞서 날고 뒤를 따르는 저 삼삼한 사이가
성급하고 조급해 보여 아무래도 미심쩍다

옳거니, 저 하늘밑 어느 마을에서도, 얼크러 설크러져
사람들은 옥시글 옥시글 살아가고, 그 틈바퀴에 끼이고
치여 어린 사랑도 아우당 다우당, 애간장 졸이고 달이던
성춘향과 이몽룡이 필시 있었겠다, 로미오와 줄리엣도
왜 없었을라,

그들 중 한 커플이 살아서 감행한 무모한 탈출만큼
오랜만에 날씨 한번 쾌청하다
3월 3일 맑은 초봄.

도깨비를 기다리며

벌건 대낮에 도깨비를 기다린다

하늘 꼭대기까지 사무치고 사무쳐서
도통하게 되면
추위를 누리고 배고픔도 누리고 피눈물까지도 누릴 수
있다지만

싫다
차라리 땅속 밑바닥…… 암흑까지 사모치고 사모친
완전 비무장지대로 떨어져서
도깨비 김서방*을 기다리는 도깨비가 되고 싶다
홀리고 홀린 채로 더불어 킬킬킬 살고 싶다

누가 사람이 더 낫다 했나

꿈만 같은 동화만 같은 그런 일을
두 눈 시퍼렇게 뜨고 앉아 기다리는

낮도깨비 여기 있다.

＊도깨비와 친구한 사람이 도깨비가 무서워하는 말의 피를 뿌려두자, 화가 난 도깨비가 복수하려고 사람이 제일 무서워한다는 황금을 매일밤 마당 가득히 쌓아놓았다는 전래동화가 있다. 여기서 유래하여, 도깨비를 금서방으로 부르다가 나중에 김서방이 되었다고 한다.

무지개를 읽다

장대비가 쏟아진다
하늘과 땅이 모처럼 한뜻 한몸이 되는 이런 시간에도
몇며칠을 땡볕에 몸 달군 아스팔트 바닥에는
읽을 수 없는 요상한 글자들이 난장을 치고 있다
콩 튀듯 팥 튀듯
난리 법석 뛰어다니는 외계어 문장을
속독으로 읽어주는 누군가들의
숨찬 목소리만 쇠〔牛〕귀에 경 읽듯
그 소음이 그쳤는지 길 건너 옥상 위에는

ㅂ ㄴ ㅍ ㅊ ㄴ ㅈ ㅃ

휘어지도록 길게 일곱 줄로 늘어선
한글 자음 글자들
모음 없이도 읽어낼 수 있는
귀가 먼저 알아듣는 내 모국어
심장의 박동 맥박 숨결의

혈연 이상(血緣以上)의 혈연으로
하늘과 땅의 약속도 저절로 해독되나부다.

부석사는 건축되지 못했다, 그래서

시내에 나갔다가 부석(浮石)과 마주쳤다, 반공중에 떠올라 날아다니는 돌들, 새 천년도 여전히 부석기(浮石期) 시대라니

돌이 날지 않으면 대한민국이 아니었던 나의 10대 끝, 다들 부석사(浮石寺)를 꿈꾸던 4·19 그때, 나는 부석에 겁먹고 떠돌던 겁쟁이 돌이었다,

돌개바람 내처 불어, 학교 현관까지 돌이 날아다녔던 20대의, 높이 떠올라 멀리 날고 싶던 내 열병은, 허기에 가위눌려 해열되었던가,

강의실까지 돌이 날아들던 30~40대는, 머리 눕힐 공간이 두통약이 되어 발길에 채일까봐 납죽 엎드렸다, 채여도 뽑히지 않는 박힌 돌이 되려고,

어떤 부석사도 세워지지 못한 수도 서울에는, 아직도

돌들이 날아다닌다, 자기만의 부석사도 우리들의 부석사
도 포기될 수 없어서, 밤하늘에서도 곤두박질치는 유성
들, 꿈꾸는 부석들은 밤에 더욱 몸부림친다, 대낮도 밤중
같은 내 가슴속 캄캄 허공에도, 횃불꼬리 부석 하나 곤두
박질친다, 대책 없는 각성제이다, 살아 있는 자의 의무와
도 같은.

제2부

나의 천국은

나의 천국은
밤하늘일 게다, 바윗돌 속일 게다, 블랙홀일 게다
까마득한 도착지는 깜깜함뿐일 게다

나의 천국은
너무너무 외로워서 귀신도 못 사는 태평양 한복판, 두
발도 용납 못할 방울섬일 게다, 있어본 적 없어 없는 섬
일 게다, 호이야 호이야~ 목소리만 살면서 울리다가 꾀
이다가 나꿔채는 바람의 손일 게다, 몇억 광년을 달려오
고 있을 어느 별의 조각일 게다, 북극의 극점(極點), 녹아
서 사라지고 있는 빙산일 게다

바보 멍청이로 살아온, 나의 빛과 어둠과 추위와 더위
와 갈증과 포만과 갈망과 변덕……의, 아흔아홉 가지 모
양과 색깔에 안성맞춤인 나의 천국은, 세상의 지식이 못
닿는, 세상에는 한번도 있어본 적 없는 나라, 있는 곳엔
없고 없는 곳에만 있을 게다.

내가 나의 감옥이다

한눈팔고 사는 줄은 진즉 알았지만
두 눈 다 팔고 살아온 줄은 까맣게 몰랐다

언제 어디에서 한눈을 팔았는지
무엇에다 두 눈 다 팔아먹었는지
나는 못 보고 타인들만 보였지
내 안은 안 보이고 내 바깥만 보였지

눈 없는 나를 바라보는 남의 눈늘 피하느라
나를 내 속으로 가두곤 했지

가시껍데기로 가두고도
떫은 속껍질에 또 갇힌 밤송이
마음이 바라면 피곤체질이 거절하고
몸이 갈망하면 바늘편견이 시큰둥해져
겹겹으로 가두어져 여기까지 왔어라.

실언

　근무실이 입구이자 출구인 문간채다 보니, 들어오는
이에게 더 신경이 쓰여, 나가는 이한테는 소홀해지곤 했
다. 더구나 오랜 습관으로, 나가는 이를 더 단속하라는
근무수칙은 곧잘 잊히기 때문이다

　나가는 이 모두가 주인은 아니다
　들어가는 이를 단속하면 한 사람이 편안하나
　나가는 이를 단속하면 여럿이 편안하다는
　평화의 원칙과 사랑을 위해서란다

　그러나 어쩌다간 실수도 한다, 순간적인 착각이었는데
월권(越權)이라는 호통이다, 그럼에도 당황한 주인의 입
가에는, 잠깐이었지만 기묘한 미소, 실수해줘서 좋았다
는 듯 야릇한 그 미소를 읽어낼 수 있게, 문지기 평생의
눈칫밥이 가르쳐준 것이라고, 나, 혀〔舌〕도 가끔은 실수
처럼 실토하고 싶다.

벽화 그리는 술독

어젯밤 골목길에서 술독과 마주쳤다, 얼마나 많은 술
병과 속을 맞바꾸었는지, 몸째로 술항아리가 된, 비틀거
리는 술독을 잽싸게 피해 달아났는데, 달아나도 쫓아오
는 소리에 돌아다보니, 바람벽을 안고 서서 벽화를 그리
는 중이었다

있는 욕 없는 욕이 목구멍을 치밀어, 고래고래 소리질
러 욕해주려는데, 문득 허공에서 별똥별 떨어지듯, 귀에
익은 목소리에 많이 들어본 말귀

　—욕하지 마라, 너만이라도 그런 술독일 수 있었더라
면—

마를 날 없던 두 눈으로, 추상화만 찍어내다 가신 엄니
였다, 내 엄니의 하느님은 바로 없는 아들이었다, 한밤중
남의 집 아무 담벼락에건 벽화를 그릴 수 있는.

팔자(八字)를 생각하다

이순(耳順)은 오지 않고
부끄러움만 찾아와 마주 앉는 갑년 생일(甲年生日)에
부끄러움에게 부끄러워하다가
갑년까지의
그리움, 외로움, 괴로움, 서러움, 노여움, 두려움들에
게 미안해지다가
이들 뒤에 가려져 있었을지도 모를 새로움과 놀라움한
테도 송구해하다가
뼈와 살이었을
피와 눈물이었을
'움'자 여덟이 전부였을
나.

히프의 길

어깨머리 찰방찰방 앞서가는 아가씨들
종다리떼 날아오르는 목청이었지만
샐룩거리는 방(芳)뎅이만 눈부셨다
향기 너무 짙어 코가 아렸다 재채기 연거퍼다
장미향 자욱한 큰길에는 방뎅이 실루엣만 물결쳤다

좁은 길로 꺾어들자 앞이 안 보였다, 느린 템포로 흔들
거리는 응뎅이들, 길을 막고 길을 가는 아줌마들의 응석
받이 악센트가 후덥지근 느끼했나, 중복(中伏)도 중턱을
오르듯, 따라가는 내내 넘치는 어리광이 사방으로 번지
며 흐르는 듯 마는 듯

경로당은 문이 열려 있었다, 두 분 외에는 모두 여성
들, 궁(窮)뎅이만 끌고 다녔다, 꽃내음 방뎅이, 응석받이
응뎅이 적을 까마득히 잊은 듯, 일그러 찌부러진 궁뎅이
혼자서 발과 다리 몫을 대신하느라, 옮겨 앉기도 힘들어
했다, 주업을 잃고 궁색해지면 부업이라도 해야 산다고,
누구든 이 슬픈 순서를 따른다면서.

어린이의 아들이 어른의 아버지를 가르치다

어린이는
어른 아닌 어른의 아버지*
하느님 나라의 입국 비자를 가진 완벽한 자격자**
따라서 어른이 될 필요가 전혀 없는데
어른이 되어서는 절대로 안되는데
어른이야말로 어린이가 되어야 할
어린이의 아들인데도

힘만 센 어른들은 어린이의 완전함을 구기고 때문히며
자유로운 어린이를 틀 속에 쑤셔박아 찌부러트리며, 어
린이는 미성년자라고, 미성년자를 성년자로 키우는 일이
어른의 사명이라고

우격다짐으로
어린이의 아들이 어른의 아버지를 가르치려 들며
행복한 어린이를 불행한 어른으로 퇴행시키려 들며
어른의 아버지에게 어린이의 아들을 닮으라고 억박지

르는

교육이야말로 어처구니없는 거꾸로 사업.

* 영국 시인인 윌리엄 워즈워스의 시 「무지개를 바라보면」 중
  한 구절.
** 신약 성서 「마태오 복음」 19장 14절의 예수의 비유에서.

나는 본래 없었다

거울 앞을 지나는데
얼핏 나 아닌 누군가들이 보였다
돌아가 다시 보니 아담과 이브였다
알 듯 모르겠는, 닮은 듯 아닌 듯, 조상들이라는 직감
이 문득

촌수를 앞지른 유전자의 주인들이, 갸우뚱 훑어보고,
빠안히 꼬나보다간, 서로들 목청 높여 다투었다, 표정과
말씨, 음색과 걸음걸이에서도 내음새가 풍겨났다, 섬겨
온 종교와 읽어온 책과 배웠던 학교와 스쳐간 사람들의
내음새가, 먹어온 마셔온 것들과 매연까지 합세하여 소
유권을 주장했다

나 직전의 난자와 정자도 내 것이 아니었단다
나는 본래부터 없었단다
정면으로 정색하고 보니
한 뭉치의 유전자들이

떨떠름한 표정 하고 곁눈질로 꼴쳐볼 뿐
거울 속엔 분명 내가 없었다.

콩꺼풀

식순이 다 끝났다, 돌아서 하객들에게 절하는 새 부부
에게, 힘찬 박수로 축하를 보냈다

콩꺼풀이여 벗겨지지 말지어다
흰콩꺼풀이든 검정콩꺼풀이든 씻겨지지 말지어다
색맹(色盲)이면 어때 맹맹(盲盲)이면 또 어때
한평생 오늘의 콩꺼풀이 덮인 고대로 살아갈지어다
어떻게 살아도 한평생일진대
불광(不狂)이면 불급(不及)이라지
미치지 않으면 미칠 수 없느니
이왕 미쳐서 잘못 본 이대로
변함없이 평생을 잘못 볼지어다
잘못 본 서로를 끝까지 잘못 보며
서로에게 미쳐서〔狂〕
행복에도 미칠〔及〕 수 있기를

빌고 빌어주며 예식장을 나왔다, 기분 좋은 이 기쁜 날.

퇴계 선생의 미소

바바리 코트가 지나가고, 빨강머리 금발머리 젊은 은
발도 지나간 난곡동 육교 아래, 한뼘 봄볕에 양보한 염치
있는 찬바람의 쉼터, 염치 있게 사느라 가랑잎 된 손이,
어린 봄나물을 아프지 않게 다듬고 있었다

꺼무레한 보자기에 웅크린 세 무더기 쑥 냉이 달래, 찬
바람에도 얌전히 앉아 있는, 어린 봄나물한테 눈길 주는
이 없고, 가랑잎 손만 목도리로 연신 콧물을 닦았다, 무
엇이나 소음이 되고 마는 여기를 지나산, 누비 포내기로
아기 업은 중년이 되돌아와, 하루치의 봄을 떨이하자, 육
교 밑의 오늘 봄이 다 팔렸다

봄나물도 추워 비닐봉지로 들어가고, 건네진 천원짜리
두 장에는, 그네들과 만난 적 없는 이상한 모자 쓴 노인
이, 안도의 미소로 고개를 끄덕이자, 노루꼬리 햇발도 마
음 놓고 돌아섰다.

고흐 꽃

세상이 버린 그는
태양과 겨루었다
태양보다 외로운 그의 외로움은
타오르며 일그러지면서 꿈틀거렸다

까마귀보다 깜깜하게 외로웠고, 올리브나무보다 오글
오글 외로웠고, 밀밭보다 싯누렇게 외로워, 마침내는 이
글거리며 타오르는 자화상 몇송이로 피어, 씰룩거리고
꿈틀대며 일그러지는 그는 꽃병 속에 갇혀야 했고, 다시
대영제국 박물관 유리장 속에 갇히고 말았다

그러나 그는
그를 버린 세상 어디서나 핀다
태양보다 태양다운 외로움의 이름
빈센트 반 고흐
는, 해바라기꽃 이름이다
비 오는 날도 피는 태양의 꽃이다.

물고기가 웁디다

새처럼 우는 물고기가 있습디다
물 없이도 살고 있는 물고기가 있습디다
귀양 사는 허공에서 헤엄도 칩디다

물고기도 허공에서 새가 되는지, 허공도 그만 물바다
가 되어주는지, 절집 추녀 끄트머리 허허 공공에서, 울음
도 노래도 염불공양 같습디다

백담(百潭)의 못 속이다가
만해(卍海)의 바다 속이다가
백담사(百潭寺) 며칠은 지갑도 빌딩도 부럽지 않습디다
먹물 빛깔 단벌 옷의 물고기가 되는 듯이
등때기에 옆구리에 지느러미까지 돋는 듯이
기어이 나도 가사장삼(袈裟長衫) 걸친 물고기만 같습디다
귀양살이 지망한 풍경(風磬)이 됩디다.

삐까소 전을 보고

빠블로 삐까소 전을 보고 나오니
얼굴에 자꾸 손이 간다
내 얼굴을 만져도 남의 얼굴 같다
남의 얼굴에 내 얼굴이 덤으로 얹혀
내 행색 위장하며 흉내내어왔는가

누군가가 내 얼굴에 제 얼굴을 포갠다, 밀어내도 어느
새 반토막이 남의 얼굴이다, 진열장에 비춰보니, 나는 없
고 낯선 남자 얼굴에 내 입과 코가 덧붙어 있다

얼른 눈감았다가 다시 떠보니, 백인종인지 황인종인
지, 사람 같으면서도 괴물인 언제 품었음직한 내 심술 심
통들이 목청 세워 다투는 소리

하얀색은 노랑보다 가볍단다
노랑은 빨강보다 가볍단다
빨강은 청색보다 더 가볍단다
청색은 검정보다 훨씬 더 가볍단다.

입 없는 돌

돌은 입이 없어 먹이사슬에서 벗어난 줄 알았는데, 아득한 저 시대에는 돌도 입을 가져 먹고 살았는가, 돌이 먹어 삼킨 수억만년 전의 동식물들이, 소화도 되지 못한 채 미라가 되어, 박물관에 모여 있었다

입을 가진 돌은 아직도 먹어야 사는가, 전시장 수석(壽石)에는 먹어온 천둥과 번개 강물과 바닷물, 달과 별빛하며 눈 서리와 비 안개가 보인다, 물과 바람과 짐승의 소리까지, 더러는 소화되고 더러는 변형된 채 훤히 내비친다 얼비친다

온몸으로 삼켜 먹고도, 태연하게 입을 감춘 돌, 보리매미 울음조차 핥아 빨아 마시고, 시침 떼며 살찐 돌에 자욱진 문양(紋樣), 돌의 몸 돌의 색깔도 그의 식욕이었다, 고요는 아니었다.

간고등어 한 손

아무리 신선한 어물전이라도
한물간 비린내가 먼저 마중 나온다
한물간 생은 서로를 느껴 알지
죽은 자의 세상도 물간 비린내는 풍기게 마련
한마리씩 줄 지은 꽁치 옆에 짝지어 누운 간고등어
껴안고 껴안긴 채 아무렇지도 않다

오랜 세월을 서로가 이별을 염려해온 듯
찔어든 불안이 배어 올라가 푸르러야 할 등줄기까지
뇌오랗다
변색될수록 맛들여져 간간 짭조롬 제 맛 난다니
함께한 세월이 길수록 풋내 나던 비린 생은
서로를 길들여 한가지로 맛나는가

안동 간고등어요
안동은 가본 적 없어도 편안 안(安)자에 끌리는지
때로는 변색도 희망도 되는지

등푸른 시절부터 서로에게 맞추다가 뇌오랗게 변색되면
둘이서도 둘인 줄 모르는
한 손으로 팔리는 간고등어 한쌍을 골라든
은발 내외 뒤에 서서 차례를 기다리는 반백의 주부들.

숙녀의 조건

전래동화 「토끼와 거북」을 고쳐 쓰다

간날 갓적에, 토끼와 거북이가 달리기를 하기로, 한번은 언덕에서 또 한번은 강물에서, 그리고 가위 바위 보로 이긴 자가 정하는 데서

토끼는 언덕 위 꿀밤나무를 돌아 도토리를 주워서 돌아왔고, 거북이는 강물을 헤엄쳐 갈대꽃을 꺾어 물고 돌아오다가, 물에 빠진 토끼를 건져와서, 마지막 가위 바위 보를 했으나 거북이가 졌으니, 달려볼 필요도 없이 2:1로 토끼가 이긴 것, 합리적이고 공정한 게임 법칙으로 이긴 토끼는, 만세를 부르며 뽐내다가 우연히 거북이를 봤는데, 거북이의 웃음은 자랑스러움에 틀림없었기에, 등골이 오싹해진 토끼는 거북 앞에 무릎을 꿇고, 언제 어디서 누구한테도 오늘 경기를 발설하지 않기로, 거북은 하는 수 없이 약속해주었으나, '발 없는 말이 천리를 간다'고 소문은 퍼져

수없이 대물림하면서도 약속은 지켜져, 거북이는 여전

히 비빙그레 웃고 살고, 토끼도 굳게굳게 입다물고 살고
있어, 둘 다 숙녀의 가통(家統)을 이어가느라 말〔言〕까지
버렸는데, 언제부턴지 '지는 것이 이기는 것'이라는 격언
하나가 생겼답니다.

  * 아주 옛날에는 말하는 토끼가 살았다는 설이 있으니, 용불용
    설(用不用說)에 의해 말하는 토끼종이 사라졌다고 추정할
    수 있음.

선녀의 선택

전래동화 「선녀와 나무꾼」을 고쳐 쓰다

착하다고 믿었던 남편이 날개옷을 내놓자 기가 막혔지요, 우리가 정녕 부부였다니? 내 남편이 선녀들의 벗은 몸을 훔쳐본 치한이었다니? 끓어오르는 경멸감과 배신감에, 날개옷을 떨쳐입고 두 아이를 안고 날개 쳐 올랐지요, 털끝만치도 미안하긴커녕 억울하고 분할 뿐이었지요

오오 그리운 내 고향! 가슴도 머리도 쿵쾅거렸지요, 큰애가 아빠 왜 아니 오느냐고 하자, 비로소 정신이 났지요, 애들이 제 아빠를 그리워한다면? 천륜(天倫)을 갈라놓을 권리가 내게 있는가? 아쉬우면 취하고 소용없어지면 버려도 되는 게 남편인가? 우리 셋만으로도 행복할 수 있을까? 옥황상제님도 잘했다고 하실까? 글썽이는 아이들의 눈을 보자, 탱천했던 분노도 맥이 빠지고……

아궁이에서 활활 타는 날개옷을 바라보니, 뜻 모를 눈물이 흘러내렸지만, 분명 나는 웃고 있었지요, 내 하늘은

이 오두막이야, 우리집이야, 마당 쪽에서 아이들 웃음소리가 까르르 밀려왔지요.

나무꾼의 알림글
전래동화 「선녀와 나무꾼」을 고쳐 쓰다

나는 거짓말을 했다
쫓기는 사슴을 숨겨주고도 사냥꾼에게는 못 봤다고 했다

나는 도둑질도 했다
사슴이 일러준 달밤 선녀들의 목욕을 엿봤고, 날개옷 한벌까지 훔쳐와 감추고서도, 두 아이나 낳기까지 부부로 살았다

나는 겁난다
누가 나를 벌줄까봐 켕기고 겁나서, 다른 거짓말과 다른 도둑질까지도 생각해보게 되는 나에게 너무 놀라서, 내 손으로 이 글을 써서 나를 폭로한다.

전문가
외국 동화 「양치기 소년」을 고쳐 쓰다

　햄버거 가게에서 햄버거를 샀더니, 집어주는 아가씨는
갑자기 풀향기를 맡으며 타악 트인 풀밭에서, 바람에 그
네 타는 민들레 토끼풀 냉이꽃 강아지풀이 보인다고 했다

　모자 가게에서 모자를 고르는데, 웬 누렁이 한마리가
소년의 발치에 엎드려 눈을 감고 깊은 숨을 들이마시며,
드넓은 풀 언덕에 엎드렸다고 느꼈다

　지하철을 탔는데
　옆자리의 어린 소녀는
　뭉게구름 두웅 둥 떠가는 하늘 아래서
　매에 매에 우는 양떼를 쫓아가고 있다고 착각했다

　소년은 누구에게도 한번도 양을 치다가 도시 구경 왔
다고 말한 적이 없다.

추억, 너무 낭비하지 말자

제발 동창회 그만 좀 모이자
추억 추억 하며 함부로 낭비해버렸어
호젓한 앨범 갈피 깊숙이 파묻혀
고스란히 한갓지게 쉬고 싶은 추억도
씹히고 깨물리고 뜯기고 비틀리느라
그리움의 바코드가 다 뭉개져버렸어

일그러지고 바래서 흐리멍텅 흐뭇흐뭇, 뻣뻣하고 칼칼
한 성깔머리하며, 따스하고 말랑말랑 새콤달콤한 애기,
겨자씨보다 작고 작은 흉허물 에피소드의, 보랏빛 아지
랑이 꽃구름 피는 고갯길과, 갈랫길로 불러내던 길섶의
풀꽃향기도, 매캐한 매연내음, 누리 뿌우연 황사가 덮여,
추억 아닌 바로 지금이 되어간단 말이야

꿈은 전원(電源)조차 망가진 채 가출해버리고
맥빠지고 지겨워 하품하는 오늘도
단물 빠진 껌 같은 미래가 되어간단 말이야.

갈색 가을, 샹송의 계절에

세상도 갈색으로 마음 고쳐 먹는 가을
원경에서 근경으로 젖은 바람 불어온다
함께 걸어도 혼자가 되는
갈색 목소리가

외로움의 키가 몸보다 커서, 늘 목이 잠겼던, 목쉰 고
독이 혼자 부르는, 플라타너스 잎잎을 갈색으로 적시다
가, 발걸음도 발자국도 다갈색으로 적신다, 바람도 빗줄
기도 목이 메이어, 다갈색 골목을 진갈색으로 따라와, 앞
장도 서고 나란히도 걸으면서, 낙엽보다 낙엽답게 다 저
녁을 밝힌다, 불빛보다 서럽게 저 혼자서 흐느낀다, 밟히
는 낙엽 소리 젖은 촉감까지

다갈색과 진갈색을 섞바꾸는 키 작은 여자의
죽어서도 외로워
잠긴 목이 안 풀린 에디뜨 삐아프의.

나는 살아 있지 않았다

발자국마다 무덤이었다, 말마다 유언이었다, 그런 줄
을 정말 몰랐다

부음(訃音)을 듣고서야 나는 살아 있었다, 빈소 영정마
다 그는 죽었고 나는 살아 있다고 말했다

어처구니없는 이 아이러니의 뒤켠에서, 내가 나인 줄
도, 살아 있는 줄도 잊은 채 허둥거려왔다, 누가 니를 이
름 부를 때는 대답한 입이 나였을 뿐, 내 이름자를 쓴 손
이 나였을 뿐

잊힌 것은 없는 것과 다름아니라, 내가 나에게서 잊혀
살고 있는 줄도 모르고 사는 것은, 살아 있음도 살고 있
음도 아니다

부음마다 살아 있는 나를 거듭 확인시켜주지만
나는 내가 살아 있는 줄도

살고 있는 줄도 모르고 사는 것이 더 좋다
살아 있지 않았던 평소가 더 좋았다.

칠박자로 하는 말

이른 봄 아침부터
늙은 나무 한 그루가 선 채로 목탁이 된다
산 하나가 통째로 목탁이 된다
산마을이 그대로 절간이 된다

댕기꼬리 붉은 딱따구리가 돌아왔능갑다, 잠 깨느라
나무들 초록 눈 비비고, 잠 덜 깬 이웃 산 이웃 마을도 부
시시한 목청으로, 잠결처럼 따라 중얼거린다

눈과 비, 바람과 구름, 물과 새, ……그리고 또 빛과 어
둠까지
나무의 언어가 아닌 말을, 나무의 목청으로
세상 잠을 깨우고 마음을 잠 깨우는
일곱 박자 이상은 필요가 없는 나무의 말귀를
나만 못 알아듣는다.

과거를 잘라내며

밤중에 일어나 내 손으로 내 시간을 잘라내는 이 버릇,
나를 갉아먹으며 나 모르게 자라난 시간이, 하룻밤새 더
자라 세월이 되기 전에

두어 달 치의 내 과거가 타일바닥에 흩어진다
잘려나간 시간만큼 젊어졌다는 거울 속에는
숨어 자란 시간이 세월이 되어 힐금거린다
눈 아리던 아리랑
속 쓰리던 쓰리랑의 순간이 자라
세월로 늙은 줄 몰랐다

가위도 면도칼도 어찌 못하는 희허연 카락들이, 세월
을 지나 네월로 입신(入神)하여, 어린 시절을 추억하고 있
다, 함부로 손댈 수 없는, 너무 멀리 가서, 귀신의 영토에
더 가까운 안전지대에서 웃음마저 자신만만하다.

첫 도둑질의 증거물

부삽만한 놋숟가락이 이삿짐에 끼여 왔다
나 부자 되자고 외갓댁에 업혀가 훔쳐왔다는 첫 숟
가락
외할머니가 은근히 눈짓해줬다는
그 큰 숟가락을 오른손에 쥐여 잡고
밥 먹는 기술을 배웠겠다
먹고사는 세상을 배웠겠다

훔쳐온 그 숟갈로 먹고 자라며, 부모님 지갑에서 푼돈
을 훔쳐 쓰고, 다락방 제사 과일을 훔쳐 먹고, 친구집 분
꽃씨를 훔치고, 남의 밭 수수이삭을 잘라 먹고 콩서리 곶
감서리 참외서리…… 서리라는 이름의 좀도둑질에도 가
끔 끼었다가, 아직도 남의 지식을 훔쳐 쓰며 사는가

나 부디 잘살라고, 젊은 엄마가 기꺼이 친정도 배신했
던 그 증거물에는, 녹슨 얼굴들 녹슨 이야기가 아물아물
어리 비쳐, 어머니라는 이름이 세상에 있는 한, 외할머니

라는 이름이 세상에 있는 한, 세상은 따맛하고 정겨운
곳, 말세도 없을 듯 결단코 없을 듯.

곡선으로 살으리랏다

점(点)과 점 사이의 최단거리를 마다하고
점과 점 사이를 최장 거리로 살으리랏다

옆길로는 옆걸음질, 뒷길로는 뒷걸음질, 오르막엔 솟
구치고, 내리막선 내리꽂히며, 제자리선 비틀거리며, 오
른켠으로 오그라들고, 왼켠으로 외돌다가, 기슭에선 휘
돌고, 소여울에선 소용돌이치고, 절벽에선 꼬꾸라지며,
검은 세상 어디든 신호를 보내는 반딧불이처럼, 어설프
게 미안해하며, 객쩍게 혼자 웃을란다

예측불허의 방향에 스스로도 가슴 죄며, 마음 가는 대
로 방향은 틀어져, 걷다가 뛰고 뛰다가도 걸으며, 정할
곳 없는 전방위(全方位)가 향방이라, 무당 손의 신장대같
이, 서낭신의 마음꼴대로 살으리 살으리랏다.

가까워서 머나먼

번번이 내리고 싶었던 정거장이었다
반드시 내려야 할 것 같은 그런 역이었다
내려서 손차양 얹고 바라다보면
뭔가 모를 뭔가가 알아질 성싶어서
타이르다 강요하는 정거장을 지나칠 때마다
멀리는 고사하고 더 가깝게 보려고 돋보기를 끼다 마주치는
낯익은, 낯선 숙적의 무리 에워싼 인민재판장에서
팔뚝춤과 삿대질로 질타하는 조목조목의 녹독에서
빠진 사항까지 보태주고 싶어지고
그러느라 더 멀리 지나와 아닌 역에 내려서면
되돌아가 빌고 싶어지는 머나머언
가까워서 한번도 못 내린 머나머언
망원역(望遠驛)

신(神)이 계신 그곳이 서울에도 있다면, 필시 망원역에
내려야만 찾아갈 수 있을 거다.

눈 밖에 나다

사람한테서 신(神)적인 것이 저절로 생겨나 잘도 발효되던 입원실, 초고층 창턱에서 나는 내 속으로 뛰어들고 말았고, 고치 속 번데기는 문을 닫아걸었고, 나 밖의 세계는 타인들의 것, 머나먼 외계, 가상의 세계일 뿐

내 속에서 내 손으로 문들 닫아걸자, 내가 없어져버렸고, 나는 벌써 내 눈 밖에 나 있었고, 침묵의 노크 소리만 안타깝게 들려왔고

갑자기 눈이 환해졌고, 어느새 세상이 내 눈 밖으로 뛰쳐나가버렸고, 누고 싸고 뀌는 가장 동물스런 동물 중 하나에 불과하다고, 제 발로 떠난 세상, 한번도 눈에 차지 않던 세상이

들으면 소리가 되고, 바라보면 빛깔과 모양이 되던, 잠결에도 눈에 밟히던 세상이, 나를 제 눈 밖에 내던져버린 것이고, 없어진 내가 너무 그리워졌고, 한번도 내 눈에

차지 못한 내가, 오직 하나뿐인 내가 되어, 우주보다 크
고 무거워졌었느니.

제3부

제주도 대정* 앞바다에서

구름도 먹구름 묵향 진동하고
파도도 추사체로 일어서다 무너지는 먹빛
유배 9년 동안 벼루 씻은 먹물 속에 이냥 뛰어들었다가
신필(神筆)의 기운 혹시 뻗쳐오르거든
젖은 몸뚱어리 그대로를 동댕이쳐
세상을 그냥 파지(破紙) 한장으로 뭉개버리고만 싶어
탱천하는 분노여
태풍아 몰려와라.

* 제주도에 있는 추사 김정희(金正喜) 선생의 9년 유배지. 이
  곳에서 세한도를 그렸다고 전해짐.

밥상 위의 마술

콩이 좋다 하여 콩자반을 올렸다
가느다란 놋젓가락 두 개를 한손으로 균형 잡아 쥐고
한알씩 낱개로 집어먹도록 일러준다

　가난만이 풍요롭던 시절의 이 고정 메뉴는, 젓가락질
로 한알씩 집어먹으면 목구멍에 침 넘어가는 소리가 콩
알보다 굵어졌지, 꼬투리 속에서 함께 자란 형제들은 콩
한개도 나눠먹고, 두 눈에 콩꺼풀이 씌워, 콩밭 비둘기처
럼 구구구 짝을 찾아서, 콩자반 접시만한 사글세방살이
오글보글 살며, 콩 튀듯 바지런 바지런히 오늘까지

　입보다 큰 스푼으로 삽질하는 게 아니다, 젓가락 한쌍
이 한뜻 되어 한알씩만 집어주는 까닭이 있어, 모름지기
보약 되는 것이란, 밥상 위의 마술이라고 서양사람들이
경탄해 마지않던 콩자반 먹는 기법과 같아야만 하는데.

순대도 경전인가

밸이 뒤틀릴 때마다 순대가 생각난다

밸 꼴리는 세상에서
구절양장(九折羊腸) 인생을 살아내자면
꼴리는 밸을 어찌 저찌 대처했을 돼지가 스승인 듯
순댓집은 늘 북적대는 사람들로
돼지처럼 살아낼 재간을 배우려는 이들로
나도 순서를 기다려
한 그릇씩 먹고 나면 뒤틀린 밸을 펴는
신통술이라도 깨우쳤다는 듯이 웃고들 나간다

순대야말로 먹는 경전인가.

심야의 피크닉

밤중 같은 그림 속으로 피크닉을 갔다
모딜리아니의 그림 속 귀 검은 여자가, 목고개 삐뚜름
꺾은 여자가, 얼굴이 길고 눈이 큰 여자가, 어둡고 어두
워서 깊푸른 여자가, 별그늘에 앉아 기다리고 있었다

한떼의 별들이 풀밭으로 내려와 몸악기를 타주었다
햇볕에도 피지 않던 귀머거리 풀들이 반뜩반뜩 꽃 피
었다
그 바람에 밤중같이 귀먹은 그 여자의 귀도 꽃 피었다

별그늘에 앉아서 꽃 피고 싶은 밤은
모딜리아니의 그림 속으로 피크닉을 간다
젊디젊어서 캄캄한 나는
그녀와 둘이 아닌 하나이곤 한다.

말의 잠을 위하여

어떤 자장가도 부르지 마라
쉴새없이 쏟아지는 소음이 되지 말고
이산 저산 돌돌아가며 한생애 메아리칠
한마디로 태어나도록
깊은 단잠 오래오래 누려 재우고 싶어

잠을 자야 힘이 크는 말(言)을 위하여, 입천장에 거미
줄 자욱하도록 길게 자거라, 동면(冬眠)으로 독을 키우는
독사처럼, 나방으로 날기 위해 날잠 자는 번데기처럼, 백
년 잠을 깊이 잔 숲속의 공주처럼, 왕자까지 불러들인 그
마술의 잠을 빌려

한 백년 만에 깨어나면, 빈 귀에 메아리칠 절명(絶命)의
단말마 같은, 못 잊을 한마디로 태어날 수 있을까, 입과
손이 침묵의 집, 고요의 집이 된다면 적막의 집이 된다면.

참이슬을 마실 때마다

풀여치였는데
베짱이였는데
방울뱀이었는데

울어본 행복은 언제였을까
빛 바래고 메마르고 꺾어져야만,
비로소 향기로운 겨울풀밭처럼
구겨지고 헝클리고 망가져야만
나 같은 진짜 나

　오동지 섣달, 저무는 서녘 하늘, 피칠갑 노을 속에 불
타죽고 싶어, 허파꽈리 뒤틀며 목놓아 울다 죽을 업장의
부우형! 제 몸보다 더 큰 울음주머니로, 겨울밤이 우는
소리, 단말마에 목마른 겨울 사랑아, 너처럼 울고 싶다
울어보고 싶구나.

야호(夜好)

밤에 눈뜬다
귀도 열린다
기질로나 체질로도 나는 밤이다
어둠에 생기 도는 밤의 종족이다

캄캄 밤하늘이 어머니였다, 현현(玄玄)한 먹빛, 문자향
아늑한 밤하늘은
　어머니가 읽어주는 동화책이었다, 두 눈에 모나리자의
미소가 서린 어머니의 자장가였다, 사람이 노래를 부르
지 않고, 노래가 사람을 부르는 오페라, 슬퍼서 감미로운
무궁한 이야기의 음악궁전이었다

별떼 쏟아지는 소리가 시끄러워
한숨도 못 잔 어머니의 목청으로
낮은 음자리로 내려앉는 소리, 음(音)
꼬리 긴 유성 몇개가 나를 향해 돌진해왔다
내일 밤쯤 도착할 8음계 중 어디어디일까?

주생전(酒生前)

기다리지 마라
단잠은 먼길을 떠났고
독서도 독경도 외박중이다
오늘밤
내 잔을 받아라
나는 길이로되 외길이요 지름길이니
나로 말미암지 않고서는 아무도 단잠을 따라잡을 수
없느니

다시 이르기를,
이는 내 독 중의 맹독이니 들어 마시거라
마실수록 초고속으로
숙면의 터미널에 도착하리니
첫닭이 울기 전에 충분하리라

주(酒)의 간곡한 충고였습니다.

구두 무덤

몸을 담아주던 몸을 묻는다
어느 생애 틀림없이 내 속살이었을 그를
영혼을 담아주던 육체를 묻고
영혼 혼자 돌아온 듯 안절부절못한다

내 몸을 위해, 말 갈 데 소 갈 데 안 가리느라, 제 몸을
망친 십수년 동안, 세 번이나 밑창갈이를 했으니, 더는
어쩔 수 없다지만, 헌신짝 버리듯 차마 버릴 수 없어

내 손으로 내 몸의 몸무덤을 만들어주었다
진실로 가장 충성스러웠던 내 몸 중의 몸이었는데
몸 잃고 혼자 돌아온 알몸
발 붙일 데 없어 시리다 저리다.

장날 장터에서

볼 장 다 본 사람이
왠지 볼 장 덜 본 것만 같아
기웃거린 병원 대기실
아직도 내게 팔아야 할 것과 사야 할 게 있는가
왜 그만 발길 돌이키지 못하느냐고 자책하다가
실려가는 중환자와 마주쳤다

아직도 모르느냐
장터 아닌 세상이 어니 있으며
장날 아닌 어느 날이 있느냐
가는 날이 장날이고 가는 곳마다 장터인데
아무리 오래 살아도 볼 장 다 본 사람은 아무도 없다고
외마디 그의 비명이 고막을 때린다.

어머니의 물

생수를 마실 때마다 어머니의 물이 생각난다

어머니의 물은 H_2O가 아니었지, 우물 속 용신(龍神)에게 예의를 지키느라, 안마당 우물에서도 한밤중 두레박질은 금하였고, 땅을 판다고 우물일 수 없으니, 마실 만한 사람이 사는 곳에서만 우물이 생기는 법이니, 먼저 물마실 자격을 갖추라셨고

때로는 우물가를 정돈하고 발길을 삼가, 고요의 한나절을 바치기도 했으니, 행여 용신이 떠나가서, 물이 마르거나 물맛이 변할까 염려하였고, 신새벽 첫 두레박 물은 하늘의 몫이라고 장독대에 올리셨지

'물쓰듯 한다'는 말도 있지만, "생전에 쓴 물은 저승 가서 다 마시게 된다"시며 물인심이란 필요한 때 필요한 만큼이라고 노래하듯 이르시며
우물가엔 구기자나 향나무를 심어야, 그윽한 물맛으로

우물과 사람이 함께 편안하다면서, 쓰고 난 물로 토란을
키우셨지

　"부모 잃고는 살아도, 물 잃으면 못 산다"면서, 못물 도
랑물 냇물조차 섬기며, 물보다 낮춰 사신 어머니의 그 물
도 이젠 다만 H_2O가 되고 말았네.

미소론

국보 제78호
삼국시대 금동 미륵보살 반가사유상은
한장 사진만으로도
새 정토(淨土)이다
언어도단(言語道斷)의 아름다운 극치
극치의 신비 신비로운 절대

이 미소 이상은 모두가 게거품질이고
이 미소 이하는 모두가 딸꾹질이다
안면근육경련이다.

빨래꽃

이 마을도 비었습니다
국도에서 지방도로 접어들어도 호젓하지 않았습니다
폐교된 분교를 지나도 빈 마을이 띄엄띄엄 추웠습니다
그러다가 빨래 널린 어느 집은 생가(生家)보다 반가웠
습니다
빨랫줄에 줄 타던 옷가지들이 담 너머로 윙크했습니다
초겨울 다저녁 때에도 초봄처럼 따뜻했습니다
꽃보다 꽃다운 빨래꽃이었습니다
꽃보다 향기로운 사람냄새가 풍겼습니다
어디선가 금방 개 짖는 소리도 들린 듯했습니다
온 마을이 꽃밭이었습니다
골목길에 설핏 빨래 입은 사람들은 더욱 꽃이었습니다
사람보다 기막힌 꽃이 어디 또 있습니까
지나와놓고도 목고개는 자꾸만 뒤로 돌아갔습니다.

바다에서 바다를 못 읽다

바다에 와서 바다를 읽어봤다, 바다의, 망망함을 물빛을 물비늘을 깊이를 수평선을 파도를 해일을……, 물의 변신 물의 언어를, 물에 쓰이는 상형문자를, 해독할 수 없는 태초의 말씀을, 방대한 바이블을

　　태초의 언어로 된 태초의 경전
　　창조신의 말씀책을
　　알아 못 듣는 목소리로 갈매기가 읽고 가도
　　알아 못 듣는 목청으로 바람이 읽고 가도
　　나의 문맹(文盲)은
　　어느 구절에다 붉은 줄을 그어야 할지
　　어느 페이지를 접어두고
　　어느 대목을 괄호쳐둘지 몰라

바다에 와서 바다는 못 읽어도, 내가 알아낸 건, 바다야말로 하늘이라고, 하늘이기 때문에 읽어내지 못한다고, 밤이 되자 바다는 달과 별무리 찬란한 하늘이었으니,

아무리 올라가도 하늘밑일 뿐이던 그 높이가, 눈 아래 두 발 아래 내려와 펼쳤다니, 가장 낮은 데가 가장 높은 곳이라는, 어렴풋한 짐작 하나 겨우 얻은 것 같다.

물고기

언젯적부터 신의 사제였을라요
쪽수도 깊이도 짚어낼 수 없는
신의 말씀책 속을 헤엄치는 저이들은

"……떡으로만 살 것이 아니라 하느님의 말씀으로 살
것"이라는 가르침을 따라서, 순교 없는 시대를 순교적으
로 살면서, 잘못을 지을까봐 손과 발을 돌려드리고, 헛바
닥과 목소리도 돌려 바치고, 입 하나로 겨우 겨우 연명하
며, 말씀만으로도 배부를 수 있는 청빈의 저이들은

태어나 처음 입은 배내옷을
그 한벌을 평생 입고 살다가
그 옷 그대로를 수의로 입고 죽는
저 청빈의 사제들 청빈의 수도자들은.

지도책 읽기

뉴스에 새로운 식물이 발견되어
학계에 등록되었다고
새로운 파충류가 남미 정글에서 발견되었다고

그렇다, 반드시 있다 세상의 지도에는, 아무도 가지 않
는 거기에, 아무도 가본 적 없는 거기에, 진실의 땅은 있
느니

그래서 지도책(知道冊)은 언제나
시대와 역사보다 크고 깊은 책
사람의 일생보다 긴 눈길로 읽는 책
그래서 진실의 땅을 그려 넣는 책
그래서 언제나 미완성의 책
그래서 『주역』의 64괘도 미제(未濟)로 끝나느니.

이어도를 찾아서

두 눈 부릅뜬 돌하르방이
절대로 없다 해도 반드시 있는

사랑의 고독과, 까뮈의 실존이, 바람의 목소리와 파도
의 흰 비늘로 기다리고, 있는 섬 이어도(以語島)는, 지도
없어서 없다고 할 뿐인, 그럼으로써 더욱 현실적인 섬인,
그럼으로써 더욱 목마른 섬인

고독한 실존으로 증명되는
고독한 언어가 귀띔해주는
이어도(耳語道)를 찾아서 이어도(以語島)로 가자고
비린 내음 짠 바람이 머리채를 나꿔챈다.

희망을 줄여서 불행감도 줄이자

　나이도 가졌고 지병도 가졌고, 비교하기 따라서는 가
난도 필요한 만큼은, 져야 할 책임도 아직 많이 가졌는
데, 가진 것이 많은 나를 왜 뒤쫓을까 희망은, 장 발장을
추적하는 자베르 경사처럼, 그가 설핏하면 나는 그만 불
행해져

　내 힘에는 늘 과적이고 과부하량이라
　쓸 만하게 굴러가는 생활의 바퀴는 펑크가 나고
　자족(自足)의 브레이크도 파열되고 마는데

　군침 도는 밤참처럼, 달디단 낮잠처럼, 성남시 모란시
장의 야바위꾼처럼, 유혹을 쉬지 않는 고질병, 어느새 과
식해서 과체중을 더 보태는, 희망을 덜어내어 불행감을
줄이자고, 희망을 줄이는 게 희망인 나의 오오랜 희망 희
망 희망.

허수아비

장가 든 적도 없는데 아들을 두었다고 한다
이름까지 깨끗한 허수(虛手)라는 파다한 소문이다

취중에도 결코 실수한 적 없었지만, 심중에는 간절히
바랐던 적 있었으니, 낳아야 자식인가 키워도 자식이지,
키워보면 안다, 기른 정의 바닥 모를 깊이를

나 같은 빈손에게도 자식이 있었다니
들길까지 마중 나와 기다리는
아비가 모르는 외아들을 둔
성 총각(聖總角)의 애타는 부정(父情)으로
겨울 들녘 풍경도 오히려 따스하다.

포스트모던한 이별식

가볍게 몇걸음 옮기다 돌아서더니
나긋나긋한 목소리로 한다는 말이
다달이 한두 번씩은 어렵겠지만
라디오 FM에서도 괜찮은 음악을 들어보게 되듯이
마음 내키면 마땅한 때를 골라
바람도 쐬듯 그렇게 바람소리 같더라도
사소한 소식이라도
아릿하지만 알음알음으로라도 건네주고 받자고
자발없는 부탁일지 모른다고 윙크까지 곁들이고는
차에 오르더니 다시 내다보며
카랑카랑한 음성으로 고쳐서는
타다 남은 심지에
파란 불꽃 다시 켜질지 모르지 않느냔다

하염없이 하염없이 궂은 비 하늘에다 무슨 고함 발악
질 악다구니라도 내지르고 싶었다, 프리모던(premodern)
이 더 인간적이라고.

방생이 이루어지는 곳

난생처음 벽제에 갔다, 새장의 새를 날려보내는, 자궁이 아기를 출산시키는, 민들레가 제 꽃씨를 날려보내는, 유럽이 신대륙으로 그 식솔들을 놓아보낸…… 더 나을 어디로 놓아보내는 모두가 방생(放生) 아닌가

형체에서 본질로, 보이는 구속에서 안 보이는 자유로, 육신에서 혼백으로 방생되는 동안, 내가 아는 이름 하나도, 석자 이름감옥에서 풀려나고 있었으리, 피와 눈물과 살과 뼈에서, 바람과 수증기와 연기와 무엇무엇들로 놓여나, 아메리칸 드림보다 기찬 꿈을 실현하러, 낯선 세상 산 설고 물 설은 어디로 가고 있었으리

이승의 방생이 이루어지는 벽제 화장장
중국의 물고기를 한국의 강물에 놓아주는 방생보다
진정한 방생이 이루어지는
깨우침도 배움에서 놓여나는 곳
사월 초파일이 방생의 날이라면
화장장은 날마다 그날이다.

계면조의 성탄 캐럴

다듬이 소리에는 나도 귀명창이다

잠결에 들어도 어느 집인지, 빨랫감이 홍두깨에 감겼
는지, 명주인지 무명인지, 두터운지 얇은지, 양손 다듬이
인지 두 아낙인지, 새댁인지 시어머닌지, 방망이가 대추
나무인지 물박달나무인지 알아맞힐 수 있다

눈발도 굵은 설밑에 명절옷을 장만하는 아낙의 그림자
창호문에 어리어, 고저장단의 뭇매 치는 계면조 가락을
베고, 잠들며 깨며 즐긴 내 귀가 누렸던 숙복, 십리 밖 예
배당 종소리도 다듬이 소리를 찾아왔다가, 댓돌 위의 내
고무신만 신어보고 돌아서는 바로 그 시간을 맞춰, 아기
예수는 집집마다 외양간에서 새로 태어나셨느니

성탄 캐럴도 다듬이 소리 더불어 들어야 성탄답다
계면조의 1등은 다듬이 소리이고
겨울밤 다듬이 소리야말로 제일가는 캐럴이다.

있는 내가 없어지는 서울

특별시민들이 문맹인지 글자 아닌 삼색신호가 호령하는 수도 서울 세종로 네거리에서, 세종 임금님과 집현전 학사들께 그지없이 죄송스러워지며, 신호가 심보를 바꾸기를 기다리는 동안, 소음도 익을 대로 익어 고요가 되었는지, 갑자기 쥐 죽은 듯 적막해지면서, 온 세상이 깜짝 없어져버렸다

뎅그마니 나만 보였다, 내 눈으로 나만을 대면해야 하다니 얼마나 놀랍고 민망스러운가, 어쩔 줄 모르다가 두 눈을 떠봤다, 갑자기 홍수가 왜장치며 달려들었다, 봉두난발한 세상이 달려들었다, 흔적 없이 사라진 것은 나 혼자뿐이었다, 내가 통째로 없어져버렸다, 그제야 안도의 한숨이 나왔다

내가 없어져야 내 마음이 편하다면 남들이야 오죽하랴
둘러보니 누구도 나를 있다고 여기지 않았다
있어도 없는 나는 나한테만 있었구나

내가 없는 세종로를
없는 내가 편안한 걸음으로 천천히 건너갔다
신호가 바뀌어도 뛰어갈 필요가 없어졌다.

깊은 데로 가서 그물을 던져라*

아비도 할아비도 중·고조 할아비들도, 바다로 살아온
뱃사람들이었느니, 갈릴레아는 바다 이상 그 바다 어부
들이었느니, 찝찌름한 소금물의 혈통대로 갯내음 비린,
시몬 바요나,** 그가 바로 갈릴레아 바다이던 큰 어부도

너무 잘 알면 너무 모르게 되는가
그것이 제 자신일 때는 더욱 그러한가
누구에게나 있으리라
찾아내지 못할 뿐
한생애 헛탕치고 나서야 마지막 그물을 던져볼 거기
진짜배기 횡재가 기다리는
바다만한 상처 하나 찾아내야 한다

더 깊은 상처도 만들어야 한다, 세월이 흐를수록 깊어
만 가는, 단 한번만으로 운명을 바꿔주는, 다칠까봐 손해
볼까봐 계산부터 먼저 하는, 지레 겁먹고 엄살떨며 도사
리던 숙맥일수록, 목숨을 결단낼 상처 하나 키워야 한다,

세상보다 깊고 큰, 목숨보다 오래가는 깊푸른 상처에다,
혼신으로 그물질을 해야 한다고, 성소가 세워질 반석이
된다고, 힘줘 일러주는 루가 선생 만나다.

* 신약 성서 「루가 복음」 5장 4절에서.
** 예수가 수제자로 지명하여 지어준 베드로(Peter)라는 이름
  을 받기 전 어부 적의 이름.

물공 몸

죽은 나무 군데군데 젖어 있어, 들여다보니 새 촉이 트고 있다, 어린 촉마다 이마꼭지에 제 몸만한 물방울을 이고 있다, 눈물의 힘인가

손 뻗치면 닿을 앞뒷산 사이, 계곡물 울어, 어떤 재회가 희망되는가, 철 따라 눈비 쏟아지고 무지개 뜨고 마른 번개도 쳐, 끝난 우리 사이, 다음을 기대하면 오해가 되는가, 눈물의 힘을 믿으면 안되는가

지구도 2/3가 물인 수구(水球), 거대한 눈물바다를 다섯 개나 품었으니, 여기 몸 붙인 사람도 양수(羊水)라는 눈물에서 태어나 눈물의 힘으로 살며, 눈물의 의미를 새겨 곱씹는 작은 물공[小水球] 왜 아니랴, 제 몸만큼 눈물 쏟아 싹 틔운 목숨 왜 아니랴

눈으로 흘러야만 눈물은 아니라고
뼈가 녹아 살이 녹아 물이 된 모든 물은 다 눈물이라고

눈물 없이 태어난 목숨은 없다고, 사랑도 시도 눈물의
자식들
우리 몸의 70% 이상이 눈물, 물주머니 물탱크라고
삶만큼 크고 깊은 저수지 댐이라고
수력발전소를 세우라고
새싹들 아우성치며 푸르러가는 봄 봄봄.

■

해설

'진아(眞我)'를 찾아 '자진(自盡)'하는 시간

정효구

1. 가는 비가 나를 깨웠네

유안진의 이번 시집을 읽는 매력은 그가 각성 속에서 '진아(眞我)'를 찾기 위해 힘들여 정성을 다하는 모습, 즉 '자진(自盡)'하는 모습을 보여준다는 점에 있다. 여기서 '자진'은 '자진(自進)'이기도 하다.

그렇다면 그는 '진아'를 찾아 어떻게 '자진(自盡)' 혹은 '자진(自進)'하는 모습을 보여준 것일까? '진아'와의 만남을 이룩하지 못한 생은 언제나 '부석(浮石)'같이 표류하고, '봉두난발'한 상태처럼 어지럽다. 그 표류와 어지러움의 고단함과 고통스러움을, '젊음의 힘'이 있는 동안만은 그 힘에 기대어 견딜 수 있다. 아니, 각성이 이루어지지 않는 상태에서는 그 미몽(迷夢)에 기대어 견딜 수 있다. 한마디 더 덧붙이자면 그러한 고단함과 고통스러움은, 그것을 숙명적인 것으로 인지하는 경우라면, 그 숙명의 힘에 의지하여 견딜 수 있다.

유안진은 이 모든 '견딤'의 조건에서 벗어나 있다. 그는 "비 가는 소리에 잠 깼다"(「비 가는 소리」)고 말한 데서 보이듯이 자각과 각성과 개안의 상태에 이르렀고, 그것이 그로 하여금 이 시집을 창조하게 한 원동력이 되었다.

2. 나는 바깥만 보았어

'바깥'이란 무엇인가? 그것은 보이는 나, 세속적인 기준과 저울, 타인의 눈, 외부라는 시공, 사회적 자아 등등의 세계를 뜻하는 것이다. 「내가 나의 감옥이다」라는 작품을 보면 그가 지금까지 자기자신을 얼마나 제대로 돌보지 않고 이 '바깥' 쪽으로만 시선을 주었는지에 대해 아픈 고백을 하고 있다.

융(C. G. Jung)은 사회적 자아인 외적 자아와 개인적 자아인 내적 자아를 각각 가면(Persona)과 영혼(Seele)

으로 부르며 이 양자 사이의 조화와 합일을 강조한다. 이때의 조화와 합일은 적당한 타협이 아니라 양자가 전일성(全一性)의 자리에서 이음매 없이 결합되는 '통합된 온전함'을 뜻한다. 그런가 하면 선불교에서는 아상(我相) 혹은 상(相)으로서의 바깥과, 실상(實相) 혹은 진공(眞空)으로서의 안쪽을 말한다. 여기서 '깨달음'이 이루어지기만 하면, 아상과 실상이라는 안팎의 구분이 필요 없이 존재와 생과 우주 전체가 있는 그대로 하나인 '법(法)'의 세계가 된다.

'바깥'은 유혹적이다. 그런만큼 폭력적이다. 우리는 이와같은 유혹과 폭력 사이에서 갈지자 걸음을 걸으며 바깥 사람으로서의 삶을 산다. 그러나 점점 더 크고, 교묘하고, 화려해지는 바깥은 폭력을 안으로 숨긴 채 사람들을 불러모으고 길들이는 데 익숙해져간다.

그러나 안쪽에 대한 깨달음이 없으면 바깥은 언제나 방편이고 허상이다. 그것은 절대화될 수 없는 도구적 세계이고 환(幻)으로서의 세계이다. 그럼에도 바깥을 절대화하고 살아갈 때, 한 인간의 삶은 방법적, 도구적, 방편적 허상에 휘둘리어 심각하게 왜곡되고 소외된다. 그는 자생(自生)의, 자력(自力)의, 자발(自發)의, 자성(自性)의, 자성(自成)의 삶을 살지 못하고 바깥의 저울에 의하여 요구

된 혹은 강요된 삶을 살고 마는 것이다. 이때 바깥은 거대한 감옥이다. 따라서 그 속에서의 삶이 비록 세속적 성공으로 이어졌다 하더라도 '진아'를 돌보지 않은 대가는 여전히 감당해야 한다.

눈을 안쪽으로 돌려서 '진아'의 목소리에 귀를 기울일 일이라고 유안진은 말한다. 참다운 내가 만들어가는 자생의, 자력의, 자발의, 자성(自性)의, 자성(自成)의 삶을 살아갈 일이라고 알리는 것이다. 바깥으로만 시선을 돌린 삶이란 "위선과 허위가 이룩해놓은" "업적"(「위궤양」)의 누적에 지나지 않으니, 이제부터는 '업(業)'을 쌓기보다 풀어갈 일이라고 말하는 것이다.

유안진은 그렇게 어마어마하도록 쌓인 생의 '업적'을 「불오싱어를 나름나가」에서 "믹징가슴"이라고 표현하기도 한다. "간도 쓸개도 배알도 뼛골마저도 다 빼어주고/목숨 하나 가까스로 부지해"온 생을 직시하니 그 가슴속은 "먹장가슴"처럼 까맣게 썩어 문드러져 있더라는 것이다. 어떻게 그 '먹장가슴'을 치유할 것인가. 유안진의 시는 이 '먹장가슴'을 가진 자아의 치유라는 꿈을 저변에 깔고 있다.

「나는 늘 기다린다」를 보면 그 속의 화자인 나는 '진아'를 찾는 것만이 그 자신의 방황과 걱정과 불안을 치유

하는 길이라고 생각한다. 그러나 그 '진아'는 쉽게 찾아지지도 돌아오지도 않는다. 그는 너무나도 자주, 멀리, 오래 떠나버린 존재이다. 이 작품 속의 한 표현을 빌리면 '진아'는 '귀가'하지 않고 바깥을 떠돈다. '귀가'란 제 집으로 돌아오는 일이요, 제 집으로 돌아온다는 것은 '본바탕'으로 돌아오는 일이고, '본바탕'으로 돌아온다 함은 작위와 막힘이 없는 '대승(大乘, 큰수레)'의 세계로 돌아온다는 뜻이다. '진아' 찾기에 나선 사람은 그것을 찾음으로써만이 치유된다. 그가 '진아'를 찾고자 하는 '발심(發心)'을 이와같이 강하게 갖고 있다는 것은 이미 그가 치유의 세계로 접어들었음을 시사하는 것이다.

3. 내가 짐이었다네

유안진은 자신이 '진아'를 찾지 못하고 표류하며 방황하고 불안해하는 이유가 바로 자기자신에게 있다고 생각한다. 그에게 그 자신은 '집'이 아니라 '짐'인 것이다. 그러나 그 원인을 지고 갈 사람도, 그 짐을 해결하고 갈 사람도 자신임을 생각할 때, 그는 모순자로서 자신에게 애증의 대상이 된다.

앞절에서 우리는 '진아' 찾기에 열중하는 시인의 노력과 그 노력의 이면에 깃든 의미를 언급하였다. 그와 더불어 우리는 '진아' 상실의 원인이 어디에 있는지를 분명하게 자각하고 있는 시인의 안목을 보게 되며, 그 안목 속에는 문제해결의 실마리가 숨어 있다는 것을 읽어볼 수 있다.

유안진의 이런 점을 뒷받침해줄 만한 작품으로서 그의 「내가 가장 아프단다」를 들 수 있다. 그는 이 작품에서 "X-ray" "MRI" "내시경" 등과 같은 말로 자기자신의 내부를 성찰하고 투시하고 진단하는 장치의 표상을 삼는다. 그는 엄격하게 자신이라는 한 존재의 전모를 의사처럼 정밀진단한 것이다. 이런 진단은 아픔의 원인을 찾는 지름길이다. 그리고 원인을 찾았다는 것은 치유로 가는 길을 발견할 가능성이 열려 있다는 것이다.

자아진단 결과, 유안진은 자신이 바로 질병의 원인제공자였다는 점을 명확하게 밝혀내게 되었다. 그렇다면 그의 어떤 점이 원인이었던 것일까? 「내가 가장 아프단다」 속의 말을 빌리면 그는 자신이 "너무 크고 너무 무거워서" 항상 "잘못 아프고 잘못 앓는다"는 것이다. 너무 큰 나, 그리고 너무 무거운 나란 어떤 모습일까? '크고 무거운 자아'란 욕망을 희망으로, 고통을 고민으로, 분별을 지혜로 착각하고 바깥 세상의 논리에 집착한 자아라 볼수 있다. '진아'가 어디에도 머물지 않고 '자유자존(自由自存)'한 존재라면, 그 '크고 무거운 자아'는 바깥 세상과 그가 만든 욕망에 머묾으로써 그 자신을 짐이 아닌 짐으로 만들어버리고 만 존재이다. 따라서 '크고 무거운 자아', 그럼으로써 늘상 '아픈 자아'를 넘어 '가벼운 자유'와 '건강한 자아'를 만들어가고 싶은 것이 그의 꿈이다.

그런데 흥미로운 것은 바깥 세상에 집착하는 자로서의 아픔만으로 설명될 수 없는 또다른 이유가 그의 아픔의 원인이라는 사실을 인식하는 것이다. 유안진의 시 속엔 언제나 '탈출'을 향한 강렬한 욕구가 들끓고 있는데, 그것이 또한 아픔의 원인인 것이다. 그에게 탈출을 향한 욕구는 역시 집착에 가까울 만큼 엄청나다. 그는 아나키스트와 같은 탈출을 감행하고자 하는 욕구를 보이고 있으며, 이미 그의 마음만은 그것을 감행하고 있는데, 문제는 그의 현실이 일상의 '습(習)'에 점령당하고 있다는 것이다. 이런 탈출에의 욕구는 너무나도 뜨거워 그에게 질병과 같은 고통을 안겨준다. 그 욕구는 한편으로 그에게 짐과 같이 무거우나 집으로 갈 수 있는 원동력이 되기도 한다.

「주소가 없다」를 보면 그는 "시간 안에 갇혀서" "시간 밖을 꿈"꾼다. 그는 '시간 밖을 꿈'꾸는 자로서 이 세속의 문법과 잘 어울릴 수 없는 존재임을 앞부분에서 뜨겁게 설명한다. 세속의 어디에도 편안하게 끼일 수 없는 '탈출의 열정'을 갖고 사는 그에게, 그런 자신은 주어와 서술어가 잘 맞아떨어지는 이 바둑판 같은 세상 속에서 홀로 '무존재'같이 여겨진다. 그가 디오니소스적 열정 혹은 카오스적 방랑을 생래적으로 지닌 사람처럼 '바람'이 나의 '현주소'라고, '허공'이 나의 '본적'이라고 외치는 것도 다 이런 맥락 속에 있다. 이런 그를 바라보노라면 집시, 히피, 출가인, 광인, 천재 등에게서 훔쳐보곤 하던 뜨겁고 격렬한 자유와 질주의 불길이 느껴진다.

유안진은 이런 탈출과 자유분방함의 내재적 욕구를 그 내도 싫으로 신 사람들에게 특별한 존경신과 애정을 보인다. 그들은 고흐, 삐까소, 에디뜨 삐아프 등의 이름을 가진 구체적인 예술가와 시인, 도깨비, 귀신 등과 같은 이름을 가진 일반적 존재들이다. 그는 자신을 사회가 만든 이름, 곧 교수라고, 며느리라고, 또 무엇무엇이라고 규정하며 바깥 세상의 질서에 편입시키는 억압을 더이상 견딜 수 없는 것이다.

유안진은 그가 존경하고 애정을 보이는 존재들을 언급하면서 구체적으로 그들이 지닌 '가벼움' '태양의 찬란

함' '이상정신(異常精神)' '홀림' '자신만만함' '울음' 등과 같은 속성을 강조하고 있다. 그것은 시인 자신도 지니고 있는, 혹은 지니고 싶은 바로 이런 속성들의 울부짖음을 그대로 듣고, 견고한 그러나 진부한 세속적 문법을 이탈할 수 있을 때, 그가 비로소 탈출에 성공한 자유인이 될 수 있다는 생각 때문일 것이다.

유안진은 이와같은 광적 자유인과 더불어, 욕망을 초월함으로써 자연(인) 혹은 해탈자가 된 존재들에게 사모의 마음을 전한다. 전자에 대해서는 앞에서 언급하였거니와 후자의 생을 보여주는 존재로는 반가사유상, 물고기, 어머니, 바다, 늙은 나무, 산 등이 등장한다. 전자에서 불꽃과 같은 수직적 타오름의 격렬함을 느끼게 된다면, 후자에서는 등불과 같은 은은한 배광(背光)을 느끼게 된다. 유안진의 정신은 이 두 세계를 함께 지향하는 것으로 나타난다. 두 가지 모두 세속적 문법과 주소로부터 자리를 옮기고 싶은 탈출과 자유에의 욕구를 드러내는 것이라는 점에서 동일하지만, 그들 양자의 속성과 방향은 '불꽃'과 '등불'이라는 말이 상징하는 것만큼 서로 다르다. 유안진이 이 중 어느 쪽을 통해 '짐'이라고 느낀 자기자신을 '집'으로 안내할지 모르겠다. 혹은 이 양자의 통합을 통해서 '집'으로 가는 길을 찾아낼지도 모르겠다. 그나저

나, 이 양자의 세계를 동시에 바라보면서 짐의 무게를 벗고자 하는 그에게 머지않아 '집'의 자유와 평화로 가는 길이 깃들 것을 기대한다.

4. 나는 본래 없었지

유안진의 자의식은 무척 강하다. 그 자의식은 그를 괴롭히는 것이면서 동시에 그를 구원해주기에 충분한 원동력이 되곤 한다. 유안진은 이런 강한 자의식 속에서 자신이 이 세계에 있음을 입증하려고 무수히 노력하였다. 그의 사회생활을 비롯하여 그의 수많은 장르의 글쓰기, 특히 시쓰기는 이와같은 존재입증의 한 방식이었다고 볼수도 있다.

그러나 그의 존재입증은 이와같은 외적 행위를 통해 완성되는 것이 아니었다. 그는 이런 방식으로 존재입증을 하려고 하면 할수록 그와 비례하여 존재의 내적 소외와 그림자가 따라다닌다는 것을 직시하였다. 따라서 그는 마침내 자아탐구의 새로운 단계로 접어들었거니와, 이번 시집이 그런 단계의 본격적인 발걸음을 내디던 경우라 할 수 있다.

그가 새롭게 존재입증 내지는 자아정립을 하려고 하면서 충격적으로 내놓은 말은 '나는 본래 없었다'는 것이다. 그의 '진아' 찾기는 이 '나는 본래 없었다'는 말을 이해하는 데서부터 서서히 풀릴 징후를 보이기 시작하는데, 존재의 정립을 위해 존재의 소멸을 말하는 이 역설은 강한 진실을 내포하고 있다.

「나는 본래 없었다」를 보면 작품 속의 화자인 나는 거울 앞을 지나가고 있다. 그는 이 그 거울 속에서 자기자신도 보지만 그 이외의 많은 타인들도 함께 본다. 그 타인들이 오늘 따라 그에게 타인이 아니라 혈연이라는 생각이 든다. 사실, 개체를 넘어, 가족을 넘어, 민족을 넘어, 국가를 넘어, 동시대를 넘어, 아주 멀고 넓은 곳까지 사유와 상상의 지평을 넓혀간다면, 그때 타인들은 그가 누구든지 혈연의 범주 안에 들면서 나와 한몸이라는 것을 느낄 수 있다. 물론 이 일은 개체성 앞에서 절대적 포즈를 취하도록 훈련된 우리들에게, 더욱이 이기적 유전자의 지시와 명령을 따르도록 프로그램화되어 있는 우리들에게 쉽사리 다가올 수 있는 것은 아니다. 하지만 넘어섬과 넓힘, 인연과 연기(緣起)의 길을 가다보면 이런 느낌이 아주 절실하게 다가옴을 부정할 수 없다.

존재의 초월과 확산, 그 자리에서 일어나는 타 존재와

의 연속성, 그것은 보다 근원적이고 철학적인 차원의 성찰을 가능하게 한다. 그 근원적인 성찰의 저변에는 자기부정과 자기해체의 노력이 숨어 있는데, 그 노력은 "나 직전의 난자와 정자도 내 것이 아니었다"와 같은 시구에서 보이듯이 개체 이전 단계까지 소급하며 무사(無私)와 무자기(無自己)로 자기규정을 하도록 하고, "한 뭉치의 유전자들이 / 떨떠름한 표정 하고 곁눈질로 꼴쳐볼 뿐"과 같은 말에서 보이듯이 개체 이전의 유전자들의 놀이가 자기자신의 본모습 아니냐는 개체 초월의 단계로 나아간다. 보통 자기부정과 자기해체의 과정은 나라는 존재야말로 사회적·제도적 외피를 벗고 직시해 보면 생물학적인 차원의 맨몸이고, 유전자들의 집합체이며, 더 나아가서는 물질들의 하하적 변이자용에 불과하다는 인시으로 이어진다. 이런 인식은 한 인간으로 하여금 자아팽창과 자아우월성, 자아영웅주의와 자아교만성이 가진 위험성을 깨닫게 하는 중요한 계기로 작용한다.

유안진은 자신을 유전자 뭉치로 보는 자아해체의 과감성을 보여줌과 동시에, "거울 속엔 분명 내가 없었다" "나는 본래부터 없었단다" 등과 같은 말을 통해 자아를 완전히 지우고 부정하는 데까지 이르고 있다. '나는 있다'에서 시작하여 '나는 본래부터 없었다'는 데까지 가는 과정에는 정말로 엄청난 시간과 노력과 아픔이 깃들 수밖에 없다. 그러나 그 시간과 노력과 아픔이 아무리 대단한 것이라 하더라도, 이 여정이 없이는 '진아'와의 온전한 만남이 쉽지 않다. '나는 본래부터 없었다'는 그 섬뜩한 자기부정이 비로소 '나는 여기에 있다'는 자기긍정을 자연스럽게 이끌어낼 수 있는 것이며, '나는 여기에 있다'는 그 사실을 절대화하지 않음으로써 또한 자유로운 한 인간의 삶이 가능할 수 있기 때문이다.

'나는 본래부터 없었다'고 말한 이후의 '진아' 찾기 과정은 꽤 순조로울 수 있다. 그의 말대로 그런 자기규정은 "정면으로 정색하고 보"는 데서 나왔기 때문이다. '정면'으로 '정색'하고 자아와 세상을 '관(觀)'할 때, 자아와 세상의 '본면(本面)'과 '본색(本色)'을 놓치지 않을 것이다. 실상, 우리가 그것만 놓치지 않는다면 파도처럼 부서지는 외양의 격변 앞에서, 파도는 보고 바다라는 실상은 보지 못한 사람처럼 요란스러운 감정의 노예가 되진 않을 것이다.

'나는 본래부터 없었다'고 말함으로써 생의 또다른 한 고비로 올라서게 된 유안진은, 그만의 "지도책(知道册)"(「지도책 읽기」)을 만들거나 창조하고 싶은 소망에 사로잡힌다. 유안진은 시에서 지도책을 한자로 '知道册'이라 쓰고 있다. 이 한자말의 속뜻은 도를 알려주는 책, 도를 담고 있는 책이라고 할 수 있다.

5. 나의 '지도책'을 찾고 있어

유안진은 '지도책'을 갖고 싶은 그의 소망과 지도책에 담긴 의미를 다음과 같이 전한다.

그렇다, 반드시 있다 세상의 지도에는, 아무도 가지 않는 거기에, 아무도 가본 적 없는 거기에, 진실의 땅은 있느니

그래서 지도책(知道冊)은 언제나
시대와 역사보다 크고 깊은 책
사람의 일생보다 긴 눈길로 읽는 책
그래서 진실의 땅을 그려 넣는 책
그래서 언제나 미완성의 책
그래서 『주역』의 64괘도 미제(未濟)로 끝나느니.
　　　　　　　　　　　　　　—「지도책 읽기」 부분

이 시에서 보이듯이 유안진에게 '지도책'은 "시대와 역사보다 크고 깊은 책"이다. 이 말은 매우 중요하다. 시대와 역사가 인간사의 다른 이름이며 그것이 앞의 제2절에서 말한 '바깥'의 세계라면, 이들만으로 그가 말한 지도책이 이루어질 수 없다는 것을 그는 이야기하고 있기 때문이다. 시대와 역사로 대변되는 인간사는 우주사라는 바다의 한알 좁쌀과 같은 존재이다. 그렇다 하더라도 인간사는 그 나름의 논리와 흐름을 갖고 있고 이 우주 속에서 성공한 인간들에 의하여 번영의 길을 달리고 있다. 또한 유안진을 포함한 인간 모두는 이 인간사의 일부이면서 그 속의 주인공들이다. 그런 점에서 인간과 인간사는 무시할 수 없는 중요성을 갖고 있다.

하지만 인간사보다 '크고 깊은' 곳에 '지도책'이 있다는 사실을 자각하거나 시사받기 시작한 사람에게, 이미 인간사는 말로 표현할 수 없는 이 거대한 우주의 무심한 '흐름' 속에서 상대적이고 부분적이며, 때론 예속적인 세계라고 여겨진다. 그와 같은 사람들은 우주와 무한과 진공(眞空)의 세계 쪽으로 숨가쁘게 눈길을 돌리거나 자리를 옮길 때가 많다. 그리고 인간사를 포함하면서도 그것을 넘어서는 '지도책' 찾기에 열중하고, 그 지도책의 완성을 위해 생을 자진하여 바칠 때가 많다. 왜냐하면 '지도책'의 완성이야말로 '진아' 찾기의 완성이며, '진아'와의 만남이야말로 어느 만남보다 황홀한 것이기 때문이다.

다시 질문해보자. 시인은 어떤 방식으로 '지도책' 만들기에 열중한 것일까? 그의 이번 시집을 보면 이 물음에 답할 만한 내용이 곳곳에 숨어 있다.

우선은 경전에 대한 관심의 증대이다. 경전이란 말 그대로 도를 담고 있는 '지도책'의 일종이다. 수많은 사람들이 그 나름의 경전을 품고 있다. 그리고 수많은 종교들이 최고의 가르침이라는 '종교(宗敎)'의 뜻 그대로 최고의 가르침인 도를 담았다고 하는 '지도책'을 갖고 있다. 그러나 이런 가운데서도 우리가 정말 믿을 만한 경전 한권만이라도 갖고 있다면, 그리고 그것을 판독할 수 있는 혜안을 갖고 있다면 생은 좀더 안정되고 편안해질 것이다.

유안진이 경전에 대한 관심을 보이면서 경전의 차원으로 높이고 있는 것은 바다, 순대, 산, 백담(사) 추사의 신필(神筆), 반가사유상 등과 같은 존재들이다. 물론 그가 이들 앞에서 혜안으로 그들의 숨은 뜻을 온전히 읽었는가 하는 점은 말하기 어렵다. 다만 그는 자신을 '문맹'이라고 자학하며 경전을 온전히 판독할 수 없는 아쉬움을 말한 적이 있으며, 그 경전의 뜻을 읽어냈다 하더라도 그와 같이 살 수 없음을 안타까워한 때가 적지 않다. 그러나 이것은 역으로 자신의 경전읽기에 대한 그의 엄격한 검열의 표현이다.

둘째로, 먼 곳을 보고자 하는 소망과 의지이다. 그는 먼 곳을 보는 일을 "망원(望遠)"(「가까워서 머나먼」)이란 말로 표현하면서 그가 지금까지 단견(短見)과 단견(斷見) 속에서 근시안으로 살아왔음을 아프게 고백하고 있다. 여기서 멀리, 먼 곳을 본다는 것은 자아를 무한으로까지 확대하고 싶다는 뜻이다. 그리고 그런 가운데서 참다운 길이 보일 것이라는 기대를 담고 있는 행위이다. 그러나 멀리 보기의 어려움이여! 하지만 멀리 보는 '망원'이 가능할 때만이 찾아오는 자유의 넓이여! 나이가 들면 우리들 누구나가 원시(遠視)가 되는 것은 아마도 멀리보기를 연습하라는 신의 뜻을 담고 있는 것인지도 모른다. 멀리 본 자가 더 나은 지리부도〔地圖冊〕를 만들어낼 수 있는 것처럼, 더 나은 '지도책(知道冊)'도 창조할 수 있는 것이라고 말해도 크게 틀리지 않을 것이다.

셋째로, 자아를 방생(放生)하고자 하는 소망과 의지이다. 버리면 얻고 잡으면 잃는다는 역설과, 죽으면 살고 살려면 죽는다는 역설이 이 방생의 행위 속에 깃들어 있다. 방생이란 다른 생명을 놓아주기 전에 자기자신을 놓아줌으로써 이루어진다. 이런 자아의 방생이야말로 '진아'에 이르는 첩경이라고 불교가 가르치는 것은 의미심장하다.

유안진은 「방생이 이루어지는 곳」에서 벽제의 화장장을 사유의 중심처로 끌어들인다. 그는 화장장이란 매일매일 "이승의 방생"이 이루어지는 곳이라고 규정하고, 한 생명이 "석자 이름감옥에서 풀려나" 영원으로 가는 현장을 생생하게 묘사하고 있다. 죽음은 분명 그 자체로 자기존재의 방생이다. 이런 육신의 죽음도 분명 방생이지만 한 인간의 정신이 삶 속에서 '죽음의 방생의식'으로 재생할 수 있다면, 그것이야말로 '지도책'의 한장을 덧붙이는 일이 아니겠느냐고, 유안진은 이 작품에서 벽제 화장장의 경험을 바탕으로 전달하고 있다.

이밖에도 유안진은 지금이 영원이고 지금만이 현실이라고 과거, 미래 등과 같은 시간관념을 무화시킴으로써 그의 '지도책'의 부피를 늘려간다. 또한 희망이라는 이름 속에 깃들어 있는 탐욕을 포착하면서 희망이라는 이름의 욕망을 줄이고 "자족(自足)"할 수 있는 브레이크를 갖자고(「희망을 줄여서 불행감도 줄이자」) 제안한다. 이것 역시 그의 '지도책'의 부피를 늘리는 일이다. 또한 시인은 처음 입은 배내옷이 그대로 수의가 되는 물고기의 청빈한 삶을 사모함으로써(「물고기」), 소음이 아닌 침묵과 고요와

적막의 집을 만듦으로써(「말의 잠을 위하여」), 절제의 균형
감각으로 마술 같은 삶을 창조함으로써(「밥상 위의 마술」),
곡선의 비밀을 배워 최장거리로 살아감으로써(「곡선으로
살으리랏다」), 자신의 '지도책'을 더 훌륭하게 만들 수 있
지 않겠느냐고 스스로에게 알리고 있다. 그의 이런 '지도
책'이 더욱더 부피를 늘려가기 바란다. 그리고 이 책이 유
안진 자신에게는 물론 어둠 속에서 표류하는 인생의 동
행자들에게 길 안내의 '지도책(地圖册)'이자 '지도책(知道
册)'이 될 수 있기를 기대한다.

6. 나의 생은 '미제(未濟)'라지

유안진은 이번 시집에서 '지도책'을 찾고 만들고 완성
시키는 데 '자진(自盡)'하는 시간을 보내고 있지만 자신의
'지도책'이 미완일 수밖에 없다는 것을 고백하고 있다.
이것은 부족함이나 부끄러움이 아니라 더 나은 생을 위
한 자기점검이며 자기수행에의 의지를 보여주는 것이다.
앞의 제5절에서 인용한 「지도책 읽기」가 바로 '지도
책' 완성의 어려움을 고백하고 있는 곳이거니와, 그곳에
서 보여준 고백의 언사 가운데 "그래서 『주역』의 64괘도

미제(未濟)로 끝나느니"라는 구절이야말로 깊이 음미해보아야 할 만한 부분이다.

『주역』은 행/불행, 희망/절망, 처음/시작 등과 같은 대립쌍들을 절대화하지 않는다. 이들은 언제나 뒤섞이고 교차하며 함께하는 동행자들이다. 『주역』의 마지막 괘인 64번째 괘는 유안진의 시구에 나와 있는 것처럼 '화수미제(火水未濟)' 괘이다. 이 '미제' 괘는 현재로서는 온전하지 못하나 앞으로 협력과 발전의 가능성이 있는, 미완 속에서 발전을 상징하는 괘로 풀이된다.

이 '화수미제' 괘 이전의 63번째 괘가 '수화기제(水火旣濟)' 괘이다. 이 '기제' 괘는 이미 성취하였다는 뜻이다. 이 괘는 『주역』의 총 64괘 중 음양의 상태가 가장 바르고 서로 호응하는 형태를 갖춘 경우이다. 바로 이 '기제'로 『주역』의 대미를 장식하지 않고 '미제'로 끝낸 것은 우주의 흐름과 인생은 비극도 희극도 아닌 모순의 무한한 전변 과정임을 알려주는 것으로 해석된다. 그리고 '기제'의 성취에 이어 '미제'의 미완성을 말하는 것은 모든 것이 미완 속에서 움직이고 있다는 사실을 보여주는 것이다.

우주와 생을 '미제'로 파악할 때, 우리는 조금 여유로워질 수 있다. 모든 것이 완벽하게 성취되고 정돈될 수 없다는 것을 받아들이게 된다. 그러나 이런 여유로움과 수

용의 자세는 생에 대한 안일함의 반영이 아니라 생의 미
완 앞에서 성숙해지는 모습을 보여주는 것이다.

유안진은 이번 시집에서 그 이전의 시집들과 비교할
때 형식상으로도 매우 자유로운 형태를 창조하였고, 내
면적으로도 그가 도달하고 싶은 자유의 영토를 매우 깊
고 넓게 경작해놓았다. '시마(詩魔)'에 붙들려 먼 길을 고
단하게 걸어온 그에게, 이번 시집을 계기로 '자유'와 '고
요'가 땅속 깊은 곳까지 뿌리내리기를 바란다. 그 '자유'
와 '고요'는 그가 줍고 싶어하는, 시집 제목으로 등장하여
강조된 '다보탑'이 지닌 숨은 뜻일 것이다.

鄭孝九 | 문학평론가·충북대 국문과 교수

■

시인의 말

지혜자 솔로몬이 쓴 것으로 전해지는 「전도서」(1장 9~10절)에는 해 아래 새로운 것은 없다고 씌어 있다. 그럼에도 나는 새것에 목마르다, 새롭게 거듭나서 헌것을 새로운 시로 새롭게 재탄생시키고 싶다. 계통 발생과 개체 발생에서 완전 절연된 돌연변이 신생종 신인류가 되어, 새로운 시를 쓰고 싶다. 위성국가 연방국가 같은 시가 아닌, 전혀 다른 종족들의 인종전시장 같기를, 홀로서도 완전한 독립국가인 시의 나라를, 사촌형제간이나 친인척들 같은 시는 더구나 아닌 천애고아, 신인종 같은 난생처음인 희귀종의 시를, 하늘에서 떨어졌고 땅속에서 솟아난 것 같은 시를 쓰고 싶었는데.

모든 형식 모든 그릇을 다 만들어본, 그것을 위해서는 그 그릇밖엔 없는 것 같은, 어떤 이즘에 갇히지도 매이지도 않는 무한 자유롭고 엉뚱한 시를, 유일무이(唯一無二)한 것이 담긴 유일무이한 그릇이기를, 편편마다 완전 독립적인 시를 바랐는데.

예술은 왜곡이고 사기이고 위장이라는 꿈의 해석(S. Freud)처럼, 무의식에 억압된 상처와 소망의 위장된 왜곡된 표현으로, 재미와 갈등 해소, 낯섦과 새로움으로 재탄생하는 시를 바랐는데.

언어로써 언어를 파괴하고 싶었고, 파괴되는 언어가 되어서는 안되는 나만의 시를 바랐는데. 무엇이든 시가 되게, 천(千)의 몸에 만(萬)의 얼굴을 가진 시를, 짓궂고 장난스런, 유쾌한, 심술맞은, 심각한, 고요로운, 섬뜩하고 오싹한, 시끄러운, 아마득한, 징그러운, 그로테스크한, 그럼에도 울림 깊은…… 온갖 실험을 다 해보고 싶었는데.

말맛 나는 시를 위해 우리말을 늘이고, 비틀고, 구겨뭉치고, 쥐어짜고, 두들겨패고, 지지고, 볶이대고, 달이고, 졸이고, 우려낸 언어예술품을 빚어내고 싶었는데. 형식의 왜곡으로 탈바꿈, 변신, 재탄생, 신생……에 이르고 싶었는데. 문법도 무시하고 그것이 왜곡이더라도 나의 미래는 표현의 왜곡에 있기를. 새 부대에 담긴 새 포도주이기를 바라면서.

20004년 10월
유안진

132